Silvestre

Piedr ágica

por WILLIAM STEIG

Traducción de Teresa Mlawer

LECTORUM
PUBLICATIONS, INC.

Para Maggie, Lucy y jenny

Silvestre Duncan vivía con su mamá y su papá en el camino Bellota, en la comunidad de Oatsdale. Uno de sus pasatiempos favoritos era coleccionar piedrecitas de diferentes formas y colores.

Un sábado lluvioso, durante las vacaciones, encontró una piedrecita verdaderamente extraordinaria. Era de un rojo llameante, resplandeciente, redonda como una canica. Mientras inspeccionaba la extraña piedrecita, comenzó a temblar, posiblemente de emoción, y sintió la lluvia fría sobre su cuerpo.

—Desearía que cesara de llover —dijo.

Vio con asombro que dejó de llover. No gradualmente como suele ocurrir, sino simplemente CESÓ DE LLOVER. Se desvanecieron las gotas de agua al caer, las nubes desaparecieron, todo quedó seco, y el sol brilló como si nunca hubiese llovido.

Durante su corta vida, a Silvestre nunca se le había concedido un deseo tan rápidamente. Comprendió que existía algo mágico allí y que la magia debía estar en esa extraordinaria piedrecita roja. (En efecto, ahí estaba.) Para comprobarlo, colocó la piedrecita en la tierra y dijo:

—Deseo que llueva otra vez.

Nada sucedió. Pero cuando tomó la piedrecita con sus pezuñas y expresó el mismo deseo, el cielo se tornó completamente negro, hubo relámpagos y truenos, y la lluvia cayó torrencialmente.

—¡Vaya suerte! —pensó Silvestre—. De ahora en adelante podré ver realizados todos mis deseos. Mi mamá y mi papá podrán tener todo cuanto quieran. Mi familia, mis amigos, y todos, absolutamente todos, podrán obtener cualquier cosa que deseen.

Quiso que el sol brillara nuevamente en el cielo y que desapareciera la verruga que tenía en el espolón izquierdo, y así sucedió. Loco de contento, decidió regresar a su casa para mostrar a sus padres la piedrecita mágica. ¡Qué sorpresa se llevarían! Quizá ni siquiera le creyesen en un principio.

Caminaba de regreso por la Colina de las Fresas, pensando en todas las cosas que podría conseguir, cuando fue sorprendido por un león de aspecto poco amistoso y bastante hambriento, que lo miraba fijamente desde detrás de un matorral. Sintió miedo. Si no hubiese sido porque estaba tan asustado que no podía pensar con claridad, hubiese podido hacer desaparecer al león, o simplemente haber deseado estar en su casa a salvo junto a sus padres.

Silvestre hubiera podido convertir al león en mariposa, en una margarita o en un mosquito. Pudo haber hecho muchas cosas, pero su susto era tal que no logró reaccionar rápidamente.

—Ojalá pudiera convertirme en una roca —dijo, y al instante se convirtió en una roca grande.

El león se acercó con paso firme, olfateó la roca una y otra vez y le dio vueltas y vueltas, hasta que se alejó confuso, desconcertado y pensativo.

—¡Qué raro! Hubiese jurado que había visto un burrito. Quizá me estaré volviendo loco —se dijo a sí mismo.

Y así quedó Silvestre, convertido en una roca en medio de la Colina de las Fresas, con la piedrecita mágica caída a su lado sobre la tierra y sin poder recogerla.

—¡Ay, cuánto desearía volver a ser yo otra vez! —pensó para sí, pero nada ocurrió.

Porque para que la magia surtiera efecto, tenía que tocar la piedrecita, y esto le era imposible.

Le pasaron muchas cosas por la mente. Le invadió el miedo y, al verse tan indefenso y desamparado, se sintió triste.

Imaginó todas las posibilidades que tenía y pronto se dio cuenta de que la única esperanza de volver a ser él mismo, era que alguien encontrase la piedrecita y pidiera que la roca se convirtiera en un burrito. Seguramente alguien la encontraría. No había lugar a dudas —¡era tan bonita y tan brillante!—, pero ¿a quién se le iba a ocurrir pedir que una roca se convirtiese en burro? La probabilidad era una en un billón.

Finalmente el sueño lo rindió. ¿Qué otra cosa podía hacer?

La noche se cubrió con un manto de estrellas.

Mientras tanto, en la casa, el señor y la señora Duncan iban de un lado a otro de la habitación, impacientes y preocupados. Silvestre nunca había llegado después de la hora de cenar. ¿Dónde podría estar? No consiguieron dormir en toda la noche, pensando qué le habría podido ocurrir a Silvestre, pero seguros de que aparecería por la mañana. Pero, por supuesto, no apareció. La señora Duncan lloró desconsoladamente y el señor Duncan trató de consolarla lo mejor que pudo. Ambos añoraban tener a su hijito con ellos.

—Nunca más regañaré a Silvestre, no importa lo que haga —dijo la señora Duncan.

Al amanecer preguntaron a todos los vecinos.

Preguntaron a todos los pequeños: los cachorritos, los gatitos, los potrillos y los cerditos. Nadie, absolutamente nadie, había visto a Silvestre desde el día anterior.

Fueron a la policía. La policía no pudo encontrar a su hijo.

Todos los perros de la comunidad salieron a buscarlo. Olfatearon detrás de cada roca, detrás de cada árbol, y por todos los escondrijos del barrio y mucho más lejos, pero no lograron encontrar rastro de él.

Olfatearon la roca de la Colina de las Fresas, pero olía a roca, no a Silvestre.

Transcurrido un mes de buscar por los mismos lugares, de preguntar a los mismos animales una y otra vez, el señor y la señora Duncan no sabían qué otra cosa hacer. Llegaron a la triste conclusión que algo terrible le había ocurrido a Silvestre y de que no volverían a ver a su hijo. (Y todo el tiempo estaba a menos de un kilómetro de distancia.)

Trataron, lo mejor que pudieron, de reanudar su vida normal, pero
Silvestre formaba parte de sus vidas y no lo podían olvidar. Estaban
desconsolados. La vida ya no tenía significado alguno para ellos.

Las noches sucedían a los días y los días sucedían a las noches, y allá en la colina, Silvestre se sumía en un largo sueño. Cuando se despertaba, se sentía solo y triste.

Pensaba que sería una roca toda la vida y trataba de resignarse a esta idea. Se quedó dormido en un sueño interminable.

Las hojas cambiaron de color con la llegada del otoño.

Finalmente los árboles se quedaron sin hojas y la hierba se marchitó.

Llegó el invierno. El viento soplaba fuertemente en todas direcciones. Llegó la nieve y los animales se refugiaron en sus casas, alimentándose de las provisiones que habían almacenado para el invierno.

Un día un lobo se sentó sobre la roca y aulló y aulló porque estaba hambriento.

Con la llegada de la primavera, la nieve se derritió, la tierra se calentó y los capullos florecieron.

Los árboles se llenaron de hojas verdes y las flores se vistieron de nuevos colores.

Un día de mayo, el señor Duncan insistió en que su esposa le acompañara a merendar en el campo.

—Tratemos de consolarnos —le dijo. —Hagamos un esfuerzo por volver a vivir y tratar de animarnos un poco, aunque nuestro Silvestre no esté ya con nosotros. Fueron a la Colina de las Fresas.

La señora Duncan se sentó en la roca. El calor de su propia madre sentada sobre él hizo despertar a Silvestre de su largo sueño invernal. Cuánto deseaba gritar: —¡Mamá, Papá! ¡Soy yo, Silvestre, aquí estoy!—. Pero no podía. No le salía la voz. Era una roca muda.

El señor Duncan caminaba impaciente de un lado a otro, mientras la señora Duncan preparaba la merienda sobre la roca: bocadillos de alfalfa, crema de avena, ensalada de sasafrás y compota de heno.

De repente el señor Duncan vio la piedrecita roja.

—¡Qué piedrecita tan preciosa! A Silvestre le hubiese encantado para su colección.

Puso la piedra sobre la roca.

Se sentaron a comer. Silvestre estaba ahora tan atento como le era posible a un burro que era una roca.

La señora Duncan sentía una sensación extraña. —¿Sabes una cosa, papá? —dijo repentinamente—. Tengo el presentimiento que nuestro querido Silvestre vive y está cerca de nosotros.

—¡Lo estoy, lo estoy! —quería gritar Silvestre, pero no podía.

¡Si solamente se pudiera dar cuenta de que la piedrecita mágica estaba justo encima de él!

—¡Ay, cuánto desearía que mi hijo estuviese aquí con nosotros en este día tan hermoso! —dijo la señora Duncan.

El señor Duncan bajó la vista con tristeza.

—¿No desearías tú lo mismo? —preguntó ella.

El la miró sorprendido. ¿Cómo se le ocurría preguntarle tal cosa?

El señor y la señora Duncan se miraron con gran pena.

—Desearía ser yo otra vez, quisiera volver a ser como era antes —pensó Silvestre.

¡Y en un instante su deseo se realizó!

Pueden imaginarse lo que sucedió después: los abrazos, los besos, las preguntas, las explicaciones, las miradas tiernas y amorosas, las lágrimas y las exclamaciones de afecto.

Cuando por fin lograron calmarse, y ya de regreso en la casa, el señor Duncan guardó con cuidado la piedrecita mágica en la caja fuerte. Quizá algún día quisieran utilizarla para pedir algo, pero, de momento, ¿qué más podrían pedir?

Tenían todo lo que deseaban.

FIN